L'ÉLU DE DIEU,

PONTIFE ET ROI

HYMNE DES ESPÉRANCES

A L'AUTEUR DE ROME SOUTERRAINE

PAR UN CROYANT.

Fiat lux.

PARIS

H. FOURNIER, LIBRAIRE-ÉDITEUR

RUE SAINT-BENOÎT, 7

—

1847

PONTIFE ET ROI

IMPRIMERIE CLAYE, TAILLEFER ET Cie,

Successeurs de H. Fournier,

RUE SAINT-BENOÎT, N° 7.

L'ÉLU DE DIEU,

PONTIFE ET ROI

HYMNE DES ESPÉRANCES

A L'AUTEUR DE ROME SOUTERRAINE

PAR UN CROYANT.

Fiat lux.

PARIS

H. FOURNIER, LIBRAIRE-ÉDITEUR
RUE SAINT-BENOÎT, 7

—

1847

L'ÉLU DE DIEU

I

Naguère un étranger aux montagnes neigeuses
A vu s'amonceler les vapeurs orageuses,
            Océan suspendu ;
Et debout, vers la cime, au centre des ténèbres,
Cet homme, tout entier à des pensers funèbres,
        S'est dit : Je suis perdu !

Ni pâtre, ni chalet; le silence, le vide. —
De s'être étourdiment séparé de son guide
    Il se doit repentir :
L'orage est à ses pieds, l'entoure, est sur sa tête.
Impuissant, il lui faut affronter la tempête,
    Qui le peut engloutir.

Bientôt, — des éléments œuvre prompte et hardie, —
L'épaisse obscurité s'allume en incendie.
    Telle aux combats humains,
Parmi les lourds torrents de la grise fumée,
Détone dans l'espace une poudre enflammée
    S'ouvrant mille chemins.

C'est alors que la foudre, et les vents, et les ondes;
Ours et vautours fuyants; les cavernes profondes
    Aux sinistres échos;
Glaciers, lacs et forêts, en lutte avec la terre,
Semblent d'autres géants pour un autre Mystère,
    Complices du chaos.

Perdu ! redit encor l'étranger sur la crête.
A mourir en chrétien saintement il s'apprête ;
    Mais grand est Jéhova ! —
Dans ses convulsions la nature s'arrête,
Commande aux éléments une active retraite,
    Et la terreur s'en va !

Car le soleil reluit à l'horizon immense ;
De bruits harmonieux le murmure commence ;
    Souvenir de l'Éden,
L'air aux senteurs des bois embaume ses haleines :
L'étranger, vers le soir, descendu dans les plaines
    S'incline, et crie : Amen ! —

Amen ! amen ! répond toute chose créée ;
Gloire à la VOLONTÉ d'Elle-même inspirée
    Qui fonde, qui détruit ;
Détourne les saisons, les remet dans leur voie ;
Change le mal en bien ; du deuil tire la joie,
    Et du jour fait la nuit.

Gloire, gloire à l'Amour, Essence de l'Essence ;
Plus fort que sa Justice et sa Toute-puissance,
        Plus fort que sa Vertu :
Il arrête César sur le seuil de la tombe ;
Il prête ses appuis au moucheron qui tombe,
        Par un souffle abattu.

Amour qui se dérobe aux esprits comme aux êtres ;
Aux saints comme aux héros, aux femmes comme aux prêtres,
        Lui, l'éternel Trouveur,
Au rachat du péché s'est immolé Lui-même.
Un peuple lutte encore : à cette heure suprême
        Il lui donne un sauveur.

II

IDIER, réjouis-toi! l'éclatante prière
Que ton âme élevait au trône de saint Pierre,
          Plus haut devait monter.
L'oiseau libre-penseur, indompté solitaire,
Apprit que la sagesse ici-bas doit se taire;
          Au Ciel il va chanter.

Et ses chants, tout remplis de larme et de caresse,
Du ciel ont-ils ému l'éternelle tendresse?
          Le temps le fera voir.
Vienne l'Élu de Dieu : le monde s'humilie! —
Le voilà ce Pontife espoir de l'Italie,
          De l'Église l'espoir!

Dans Rome, ce n'étaient que soupir et que plainte.
Le voile des douleurs couvre la ville-sainte;
        Seule plane la mort.
D'orgueilleux cardinaux *, sybarites vulgaires,
Achetant leur sommeil de soldats mercenaires,
        Croient dormir sans remord.

Ils dorment! et, non loin de leurs couches splendides,
Le tribun Rienzi sous des voûtes humides
        Pleure sur les Romains.
Ils dorment, dans les bras d'une impure maîtresse.
Cette nuit, cependant, la Romagne s'engraisse
        De cadavres humains.

Ils dorment, quand l'Église à sa base ébranlée
Sent fléchir les arceaux de la nef désolée;
        Du Levant au Couchant,

* L'indignation du poëte s'adresse aux seuls prélats ambitieux de
pouvoir, de richesses et de voluptés, et non à ces lumières vivantes de
l'Église, l'honneur du Vatican, la gloire de l'humanité.

Confesseurs de la foi quand Slave et Maronite
Sans défense livrés au Druse, au Moscovite,
    Tombent sous le tranchant.

Ils dorment, sans culture abandonnant la vigne ;
Laissant ceps et figuiers au serviteur indigne
    Qui du nom de Jésus
Fait un prétexte saint à la fausse science,
Et, dominant par elle, ouvre la conscience
    Aux semblants de vertus !

Que leur font les martyrs et d'Europe et d'Asie,
La vigne du Seigneur, Mahomet, l'hérésie [*],
    Et patrie, et devoir ?
La misère en haillons vient s'asseoir à leur porte ;
Le peuple est sans abri ; le peuple a faim : qu'importe !
    N'ont-ils pas le pouvoir ?

[*] Le schisme grec.

N'ont-ils pas les honneurs, les emplois, les richesses;
Cartouches aux fusils; canons aux forteresses;
      Suisses, prisons, carreaux *?
Et, nourris de l'autel, de l'impôt, de la glèbe,
Des nobles pour valets; pour marchepied la plèbe;
      Pour amis les bourreaux?

Des soudans on croirait la mollesse et le faste :
Villa fraîche oasis; palais superbe et vaste;
      Jeu, musique, festins;
Les fiers coursiers traînant les pompeux équipages;
Laquais armoriés; des officiers, des pages
      Insolents et mutins.

De l'or à ces légats, satrapes à soutanes;
De l'or aux délateurs; de l'or aux courtisanes;
      De l'or! de l'or toujours.

* Les foudres du Vatican.

« Semez, nous récoltons; — qu'un indiscret réclame:
« Geôliers, à vous le corps ; nous songerons à l'âme,
        « S'il y va de ses jours. »

Une mégère en proie aux fureurs de l'ivresse,
De son fils au berceau repousse la caresse,
        Le frappe rudement.
De ces princes mitrés le collége farouche,
Père deux fois cruel, n'a qu'insulte à la bouche,
        Aux mains que châtiment.

« Qu'ils rament sur la mer, attachés à leurs chaînes,
Ceux qui parlent encor de libertés romaines ;
        L'exil ou le trépas
A ceux qui, se lassant des sanglots et des larmes,
Certains de succomber, en appellent aux armes,
        Et ne se comptent pas.

« A la chasse, dragons ! prenez la carabine :
Des marais d'Asturée aux monts de la Sabine,
        Courez sus aux proscrits :
Plus il s'en montrera, plus il faut qu'on en tue.
Traquez, fouillez, forcez ; chasseurs, à la battue : —
        Chaque tête a son prix. »

C'est ainsi que du Maître ils ont fait leur modèle !
Païenne au Vatican, cette tourbe infidèle
        A renié la Croix :
Sourde à l'esprit d'en haut, l'esprit du mal l'inspire :
« Dieu lui-même ne peut ébranler notre empire,
        « Soutenu par les rois. * »

Et longtemps l'Éternel a permis le blasphème. —
Soudain il veut punir ; il lance l'anathème :
        « Baal, baisse le front !

* Historique.

A genoux ! orgueilleux qui commandiez au Tibre ;
Avec le vieux Forum mon Église soit libre :
  J'ai vengé leur affront.

« Je suis le Dieu vivant qui console et châtie.
Prêtres, qu'avez-vous fait de la divine Hostie ?
  Princes, du Peuple-roi ?
La tiare pesait à la tête blanchie ;
Au trône toujours vide on clouait l'anarchie,
  Pour régner par l'effroi.

« Assez de cruauté, d'impudeur, de souffrance !
Mon regard porte en soi la crainte et l'espérance ;
  Je suis le Dieu vivant.
Celui que Dieu bénit au lion est semblable ;
Celui que Dieu maudit rampera sur le sable
  Que tourmente le vent.

« Je plonge dans les cœurs, je sonde les pensées ;
Pour paître mes brebis aux buissons dispersées,
          J'ai choisi mon berger :
Du lynx et du cervier profonde est la morsure ;
Il aura miel et baume à guérir la blessure,
          Les gardant du danger.

« Son amour doit s'étendre aux brebis égarées.
Les imprudentes sœurs, de leurs sœurs séparées,
          Rejoindront le troupeau ;
Car prochains sont les temps promis à toute race,
Où Croyants et Gentils approcheront la Grâce
          Sous un même drapeau.

« Cependant au pasteur je ceins le diadème :
Qu'il ait de chef romain la majesté suprême,
          Gouvernant par mes lois ;
Et que le fils déchu de la reine du monde
Renaisse, dépouillant la servitude immonde,
          Ce qu'il fut autrefois.

« Du dogme des chrétiens et des vertus antiques,
Rome, sois un exemple aux jeunes républiques.
        Cité chère aux beaux-arts,
L'ombre de Léon Dix à ses palmes t'appelle :
Les siècles reverront dans la ville-éternelle
        Les grandeurs des Césars.

« Et toi, l'Élu de Dieu ; toi, pontife et monarque,
A travers les brisants, calme, conduis ta barque
        Sans crainte et sans orgueil.
Homme d'humilité, d'amour et de prière,
Mastai, ne suis-je pas ta force et ta lumière :
        Où serait ton écueil ?

« Sainte est la mission, pressante est l'entreprise :
Au bonheur rendre un peuple, édifier l'Église ;
        A l'œuvre mets la main.
Ouvrier du Seigneur, travaille sans relâche :
Au monarque, aujourd'hui de terminer sa tâche ;
        Au pontife, demain ! »

Le Tout-Puissant parlait du milieu de la nue ;
L'univers adorait cette voix bien connue,
Aspirant l'avenir : —
La Colombe déjà des Cieux descend sur l'Homme ;
Les douleurs de l'Église et les douleurs de Rome
Étaient un souvenir.

III

Ainsi, des inspirés partageant le délire,
Mon chant se mariait aux accords de ta lyre
    Dans un rhythme vainqueur.
Consacrons, ai-je dit, l'hymne des espérances
Au poëte témoin d'héroïques souffrances
    Dont s'indigna son cœur.

Ami, nous reverrons notre aimée Italie
De paix et d'union, de richesse embellie,
    Elle si triste hier!
Elle aura secoué la cendre et le cilice;
Semblable à la Corinne, au sortir de la lice
    Son regard sera fier.

Sol fécond, claires nuits, jours aux splendides flammes,
Paradis de soleil, d'air, de fleurs et de femmes,
        Quelle autre ambition?
Un bien qu'aux éprouvés garde la Providence :
Le fraternel lien, la sage indépendance,
        Être une nation.

Elle l'aura trouvé; se souvenant que Rome
Possédait ce grand art de créer des cœurs d'homme,
        Qu'elle régna par lui :
Ce que fit le Romain par la gloire et la guerre,
Par la gloire et la paix la France et l'Angleterre
        Le pourraient aujourd'hui. —

Belle Ausonie, adieu! — Salut, terre du Slave,
Sous deux jougs écrasants pays deux fois esclave,
        A l'Aigle blanc rendu.
Vois, vois serfs et magnats en Christ amis et frères;
Les fils agenouillés aux temples de leurs pères,
        Le Vautour confondu. —

Quittons le Nord glacé, courons planter nos tentes
Au pied du mont Carmel, ces roches palpitantes
      Du chrétien d'Orient.
Contemplons, par la foi le Druse mis en fuite,
Les autels redressés, Jésus qui ressuscite
      Sous son climat riant!

Trois peuples rappelés de la mort à la vie;
D'un monde la clameur d'allégresse suivie,
      Avec ou sans le temps :
Jéhova, Jéhova, ce sont de tes miracles.
La main dont tu te sers renverse les obstacles,
      Centuple les instants.

Voilà donc ce que peut la faible créature,
L'homme, quand le Très-Haut élève sa nature
      En lui donnant l'Amour...
Moins certains les bienfaits de sept ans d'abondance,
Moins nombreux les rayons de l'astre qui dispense
      La chaleur et le jour.

Appuyé sur la croix, s'il ne craint que son Maître,
Princes, rois, empereurs ne pourront le soumettre :
    Arrière, audacieux !
Laissez le bon pasteur, marchant dans la Parole,
Mériter ici-bas la céleste auréole
    Qui l'attend dans les cieux !

Paris, 1er mars 1847.

www.ingramcontent.com/pod-product-compliance
Ingram Content Group UK Ltd.
Pitfield, Milton Keynes, MK11 3LW, UK
UKHW020915140726
13695UKWH00006B/2535